# LE GLANDIER,

## POËME RICANEUR

### EN QUATRE-VINGTS CHANTS.

PARIS. — IMPRIMERIE LE NORMANT,
rue de Seine, 8

# LE GLANDIER,

## POÈME RICANEUR

### EN QUATRE-VINGTS CHANTS,

PAR

M<sup>lle</sup> AMARYLLIS ESNOUT

PRIX 75 CENTIMES,

**au profit des inondés.**

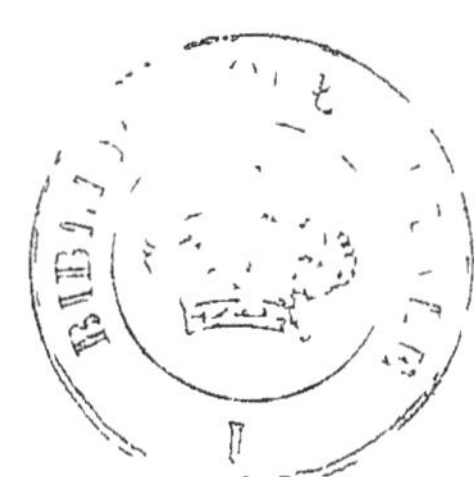

## PARIS.

LIBRAIRIE V<sup>e</sup> LE NORMANT, | DELAUNAY, PALAIS-ROYAL,
RUE DE SEINE, N° 8 | GALERIE DE NEMOURS.

1841.

# CHANT 1.

PEUPLES les plus distans, oyez, en vers, l'histoire
Qui, sur tous les récits, mérite la victoire,
C'est celle d'une miss (ah! que j'en suis marri!)
Qui sort de massacrer sans candeur son mari.


## 2.

Charles Lafarge Pouch, voilà comme s'appelle
Le mâle; et sa moitié s'intitule Cappelle!...
Pour l'auteur de l'hymen, ce fut l'illustre Foy,
Logé quartier Montmartre, et d'inflexible foi.


## 3.

Dès qu'ils furent bénis, tous deux, d'intelligence,
Frêtèrent pour Uzerche un banc de diligence,
Et vinrent, sans zigzag, aboutir au Glandier,
Où Lafarge exerçait l'état de taillandier.


## 4.

Oui! mais pour la caillette, ou plutôt la princesse,
Habiter cet endroit serait une bassesse;
Car, comme il est moins bien meublé que Trianon,
Ce n'est, logiquement, qu'un hideux cabanon.

## 5.

C'est pourquoi, sans hoquet, cette jument entière,
Ne pouvant avaler si modeste litière,
A son joyeux Vulcain, de son bonheur rêvant,
Incontinent transmet ce poulet énervant :

## 6.

« Je viens me confesser, Pouch, d'une vilenie,
« Dont notre liaison est joliment ternie ;
« Si je t'ai rabroué, c'est impertinemment,
« Car pour d'autres que toi, j'ai du tempérament.

## 7.

« Hélas ! de tout cœur j'aime et je choie un jeune homme
« Qui, (vois que c'est comique !) ainsi que toi se nomme !
« Ah ! si tu savais, comme il a des joncs fringans !
« Et comme (le dimanche), il a... jusqu'à des gants !

## 8.

« En somme, il est divin, ce coq fashionable,
« Pour les mollets de qui, je suis déraisonnable !
« Il est aristocrate et d'un fût gracieux,
« Et constitue en bloc, un gars bien captieux !

### 9.

« Ainsi, Pouch, malgré toi, malgré toute la terre,
« Malgré moi-même, enfin, je veux être adultère !...
« Tant pis !... Mais laisse-moi m'enfuir, et je m'en vais,
« Sans perdre une minute, à Smyrne, par Beauvais !

### 10.

« C'est donc là, qu'il faudrait m'adresser mes cassettes,
« Quand tu me renverras mon schall et mes chaussettes.
« Je n'emporte avec moi que *certains* diamans,
« Qui ne me nuiront point parmi les Ottomans. »

### 11.

A ce billet mignard, Pouch Lafarge et sa mère
Se tordent dans les clous d'une douleur amère,
Et réclament chez eux, monsieur de Chauveron,
Magistrat plus rusé, même que Mascaron.

### 12.

Or, d'après les avis de ce narquois juriste,
Lequel concurremment patrocine en puriste,
Pouch sent que si Cappelle ainsi se retirait,
Cela le cabrerait et le chamaillerait.

## 13.

Pouch mollit donc , rumine, et tout pèse et repèse,
Si bien que son guignon, se replâtre et s'apaise;
Et quelques jours après ce graveleux tourment,
Tout parut recollé par cet adroit ciment.

## 14.

Dès-lors, semblant de miel s'être rouvert la zône,
Cappelle en drap gros-vert s'acquit une amazone,
Attendu qu'aux transports de son époux calin,
Elle avait gagné vite, un superbe poulain.

## 15.

Puis la Vénus hanta les fêtes effarées
De Brive-la-Gaillarde, y dansa des bourrées;
Et comme elle y causait beaucoup d'impression,
Sa panne en augmenta par satisfaction.

## 16.

Conséquemment du sort défiant les malices ,
Pouch au triple galop nageait dans les délices ,
Quand, pour mieux profiter du fer qu'il cultivait ,
Il revint à Paris implorer un brevet.

## 17.

Quelle correspondance alors, en sel attique !
Cappelle ne se sert que d'encre magnétique ;
Et d'un tel procédé, sans fard reconnaissant,
Lafarge, né fougueux, riposte avec son sang.

## 18.

« Qu'écrit-elle en effet ?... Pouch n'est pas un bélâtre,
« O ma tante, hélas ! non ; mais quoi ! Pouch m'idolâtre,
« Et pour mon clavecin, en tourtereau fini,
« Il pâme, et me ballotte avec Paganini !

## 19.

« Au reste, s'il est laid, Pouch est propriétaire
« D'une forge, mêlée avec un monastère ;
« Son genre tient un peu du faubourg Saint-Marceau,
« Mais cela m'est égal, vu qu'il a lu Rousseau.

## 20.

« En résumé, ce qui, dans la gent limousine,
« Me contente, ô ma tante, en tout, c'est.... la cuisine !
« Le hareng est très-frais, le persil excellent,
« La moule est onctueuse, et le rhum succulent.

### 21.

« Je décerne pareil hommage à l'échalotte,
« Et n'ai qu'à me louer du porc en matelotte ;
« L'omelette est sans os, ainsi que les radis,
« Et quant au saucisson, je suis en paradis !... »

### 22.

Mais attention ! Là commencent les ténèbres,
Et les événemens deviennent fort funèbres,
Sitôt que Cappelle eût une autre invention,
Pour mieux convaincre Pouch de son affection.

### 23.

Voici de son amour, la gentille rubrique :
Elle veut qu'avec pompe au château l'on fabrique
Des croquets vénérés dans ce département,
Et qu'on les expédie à Pouch directement.

### 24.

Ces choux, mandait Cappelle, en argot romantique,
N'avaient absolument qu'un but emblématique ;
Et tandis qu'au Glandier, elle en devait tâter,
Pouch coïncidemment devait s'en sustenter.

## 25.

Mais dans cet emballage (ô perfide lacune !)
Ces tartes étaient cinq, et Pouch n'en reçut qu'une;
Seulement, dans les coins, stagnaient des objets ronds,
Que l'on a constatés n'être que.... des marrons.

## 26.

A peine cependant, d'une dent extatique,
Pouch eût-il entamé la croûte eucharistique,
Qu'il fut saisi d'un trouble et d'un vomissement
Qui furent compliqués d'un vaste dévoîment.

## 27.

Or (à quels pics glissans grimpe la sympathie !)
Comme si de ce mal elle fut avertie,
Cappelle avait semé la terreur qu'au manoir,
N'arrivàt une lettre avec un cachet noir !...

## 28.

C'est pour chasser sans doute une telle pensée
Que cet ange s'était, la semaine passée,
A l'instar de Castaing, procuré du poison,
Afin de molester les rats de la maison !

### 29.

Mais, au surplus, ce qui de notre prophétesse,
Pouvait bien en secret alléger la tristesse,
C'est que naguère, à Pouch, elle avait prudemment
Fait faire, en sa faveur, un charmant testament.

### 30.

Quoi qu'il en soit, Lafarge, ayant le cuir solide,
Surmonta sa colique, et quoique moins valide,
Il reprit la patache, et sous son toit légal,
Rentra, toujours rongé du besoin conjugal.

### 31.

Mais des zéphyrs locaux, vainement Pouch espère,
Et sa nausée, au lieu de tarir, s'exaspère ;
C'est que, dès son retour, sa conjointe (en dessous)
Vient d'acheter encor du poison pour vingt sous.

### 32.

Et puis, ce qu'elle ajoute à chaque vulnéraire,
Ce n'est que... de la gomme !... ô serpent funéraire !
Et lorsque Pouch, brûlé du liquide assassin,
Rugit, elle répond : « Bah !.. capon !.. c'est très-sain !»

## 33.

Cependant au docteur, on soumet le breuvage,
Qui, peut-être en ses flots recèle le veuvage,
D'autant que le vase offre un dépôt cotonneux,
Non rouge, bien épais, et même floconneux!...

## 34·

Mais Bardou, trop pressé pour prendre ses lunettes,
Traite, négligemment, ces soupçons de sornettes;
Et l'agrément renaît, quand ce médecin doux
Dit : Cela n'est rien... c'est... de l'herbe ou du sain-doux!

## 35.

Un tel arrêt n'ayant que l'effet d'un notaire,
Sur deux jambes de bois, tout demeure mystère,
Et Cappelle réclame, avec un feint souris,
Pour la troisième fois, de la mort-aux-souris.

## 36.

Et pourtant notre Pouch va-t-il mieux?... au contraire!
Et de ses cris aigus, afin de se distraire,
Sa chaste femme envoie, en guise de calmant,
Quérir de l'arsenic itérativement.

## 37.

Rien donc n'était très-clair, quand un matin, couchée,
La bachelette Brun vit, hors du lit penchée,
Cappelle délayer, d'un poignet pétulant,
Au sein d'un lait de poule, un corps pulvérulent !

## 38.

Aussi, désormais, c'est à qui vous la surveille,
Si bien, que l'arsenic se récolte à merveille
Partout, dans la panade et dans les potions,
Dans le gilet, et puis dans les déjections.....

## 39.

Mais dans la soupe aux rats (narrons sans hyperbole)
D'arsenic pas un brin, pas le quart d'une obole !...
Et de tant de poison, pour eux seuls obtenu,
Ces pauvres animaux, hélas ! n'avaient rien eu !...

## 40.

*Ergò*, qu'importe à Pouch, que, flairant l'homicide,
L'Espinas contre-carre, avec talent, l'acide !
Ce franc praticien sans fruit vide son sac,
Et repart, tout trempé de pleurs, pour Lubersac.

**41.**

Or, Pouch, ayant le soir, abdiqué l'existence,
Massénat, sans lenteur, contrôla sa laitance,
Et recueillit encor jusque dans l'estomac,
Ce métal furibond, principe du mic-mac !

**42.**

Sur ces faits inhumains dont le flux illicite,
Ne put être entravé que par l'eau du cocyte,
Cappelle fut enfin, malgré tous ses sermens,
Incarcérée (avec mille ménagemens).

**43.**

Sept mois deux tiers, après cette aventure immonde,
Qui fit dresser les crins du crâne à tout le monde,
Dans Tulle effervescent, commença le procès,
En présence d'un nombre immense de Français.

**44.**

Le tribunal s'asseoit, et l'on compte au prétoire,
Maint dames (en toilette) et de caste notoire,
Puis l'austère greffier, appelle les témoins,
Et chacun d'eux, sans fiel, dépose plus ou moins.

## 45.

Quel cortége s'épand devant la cour plénière !...
*Primò*, Denys Barbier ; *quintò*, sa cantinière ;
*Sextò*, le chapelain, regrettant ses chartreux,
Et deux palefreniers se disputant entre eux.

## 46.

On ne peut mieux orner la séance suivante,
Ayant, sans l'interrompre, écouté la servante,
Que par Emma Poultier, dont le gazouillement
Ne fait qu'au vil parquet induire qu'elle ment.

## 47.

Après elle s'avance, incapable d'orgie,
Flégnat, juge de paix, subtil en chirurgie ;
Plus, le garçon d'hôtel, dont la dextérité,
Dans Lutèce jadis déballa le pâté.

## 48.

O prodige !... malgré ces charges écrasantes,
Ces révélations restant insuffisantes,
On décrète que Pouch soit sans peur déterré,
Pour que son intestin soit, derechef, miré.

### 49.

Soudain, sans affecter nulle démarche altière,
Plusieurs pharmaciens volent au cimetière;
En tête sont perchés Dubois et Dupuytren,
Lesquels doivent mener les fossoyeurs bon train.

### 50.

On avise bientôt la bière et la chemise,
(Qu'avant de trépasser) le cadavre avait mise,
Et la commission, comme de fins joyaux,
Avec enthousiasme emporte ses boyaux.

### 51.

Muse, il ne s'agit plus maintenant de paroles;
Il s'agit d'acheter huit ou dix casseroles,
Et d'y faire bouillir avec sincérité,
Cette rate soumise à ta sagacité.

### 52.

Mais en vain des fourneaux reculant les limites,
Sur l'appareil de Marsh, on braque les marmites;
Malgré tous les soufflets et la plus noble ardeur,
Il ne sort rien du feu, rien du tout qu'une odeur !...

## 53.

Mais une odeur, ah dieux ! telle que l'accusée,
En est abasourdie et même indisposée,
D'où je me permettrais d'inférer sans atour,
Que son empoisonné, l'empoisonne à son tour !...

## 54.

Néanmoins le rapport, d'une couleur touchante,
Flatte excessivement la sultane, et l'enchante,
Et je ne nîrai point que sa corruption
Puise en cet épisode atténuation.

## 55.

Déjà, comme s'il eût déblayé le dédale,
Chaque avocat, plus dru, glousse et hurle au scandale,
Qui prodigue brocards, quolibets, grognemens,
Qui se croise les bras ; ce qui forme argumens.

## 56.

A cette rhétorique, aigre et si péremptoire,
La réplique se borne à ce réquisitoire :
« Pas de poison, dit-on, et nous avons rêvé !...
« L'on n'en trouve plus! mais... *l'on en avait trouvé!..* »

## 57.

Nous sommes donc ici, monseigneur, manche à manche.
Or, après la cognée, allez jeter le manche.
Nous?... non!... pour débrouiller ce conflit hasardeux
Jouons la *belle,* car... nous sommes deux à deux.

## 58.

Dans cette conjoncture, intrigante et fatale,
Le télégraphe vient prier la capitale,
De lui communiquer quelques individus
Compétens, pour trancher ces problèmes ardus.

## 59.

Tout le gouvernement, sans barguigner, suppute
Qui, pour un tel chaos, il convient qu'il députe;
Et son choix perspicace atteint trois citoyens,
Auxquels la Providence accorda des moyens.

## 60.

Le premier, d'un aplomb imprégné de magie,
C'est Orfila, satrape en toxicologie;
L'autre, pour un matras courrait tous les dangers;
Quant au dernier, est-il de l'Aigle?... non, d'Angers!

### 61.

Donc, chauffant dans du nitre, un coulis de cervelle,
On analyse Pouch, à la sauce nouvelle;
Du fumet le greffier est très-incommodé,
Et Capelle s'exclame : Ouf! qu'il est faisandé !

### 62.

Mais du moins, cette fois, si l'alambic s'échine,
Ce n'est pas pour le roi de Prusse ni de Chine,
Et sur quelques plateaux, le doyen fait ranger
L'essence du délit, dont on veut se venger.

### 63.

A ce coup d'avalanche un peu bien combinée,
L'auguste hamadryade est si turlupinée,
Qu'elle écrit à Raspail!... (Raspail est un héros
Radical, qui n'a pas d'émule en minéraux ).

### 64.

« Oh, dit-elle, ô mon cher, hier j'étais sauvée !...
« Et j'en allais d'orgueil, manger de l'étuvée,
« Quand ce lynx d'Orfila, professeur de lutrin,
« D'un zest m'a replantée au comble du pétrin !

### 65.

« Est-ce taquinant ?... car, en sinistre boulette,
« Moi, frèle insecte, avoir changé de la galette !
« Quoi !... moi, j'aurais construit des philtres scélérats !
« Fadeurs !.. mon seul motif d'arsenic, c'est... les rats !

### 66.

« O mon naturaliste ! on me traque en tigresse,
« Mais venez éprouver si je suis une ogresse,
« Venez développer mes rares qualités ;
« Venez, mon cou dépend de vos précipités ! »

### 67.

A ce placet courtois, dont par haine on chuchote,
Raspail, qui traduisait ( par hasard ) don Quichotte,
S'élance en omnibus, et nullement flâneur,
Va débarquer d'un bond, où l'exige l'honneur !

### 68.

Bientôt la geôle s'ouvre au pélerin chimiste ;
Et comme il n'est pas moins très-physionomiste,
Il s'aperçoit d'un œil, ferré sur les barreaux,
Que les rideaux sont gris, mais qu'ils sont... à carreaux.

### 69.

A cette vue atroce et de pitié motrice,
Sûr que cette femme est, non une impératrice,
Mais une *prolétaire*, il cherche des savons
Pour la blanchir, avec l'art que nous lui savons.

### 70.

« Capelle, imprime-t-il, ne fut onc doctrinaire;
« Elle a la peau livide et l'abord poitrinaire,
« Et comme tous ses traits ne sont qu'irréguliers,
« J'en conclus hardiment qu'ils sont bien singuliers...

### 71.

« D'arsenic dans un ventre, on repêche un pied cube,
« Parbleu!... j'en pêcherais, sandis! dans un incube,
« Dans une clarinette et dans du foin haché!...
« On en pêche à foison dans du papier mâché!...

### 72.

« Du poison! j'en ferais, et du plus délétère,
« Avec les poils follets du nez d'un militaire...
« J'en extrairais d'une huître et du jus d'un melon;
« Je gage en distiller avec un pantalon!

### 73.

« Cappelle est un bijou pour des âmes savantes,
« Attendu qu'elle sait quatre langues vivantes;
« Je ne pus bavarder, qu'elle ne me comprît !
« Par l'enfer ! conçoit-on un plus céleste esprit ?...

### 74.

« Puis, suivant son curé, clerc digne d'Arcadie,
« Personne ne la croit fautive en Picardie,
« Et Gérard et Mornay, piqués de ses tracas,
« Attestent sa vertu par des certificats ! »

### 75.

Une autre circonstance à laquelle on s'attache,
Et comme quoi Cappelle est la brebis sans tache,
C'est qu'on dit que Denys a dit, sans badiner,
Qu'il souhaitait la voir pendre et guillotiner !

### 76.

Voilà, de sa cliente adorant la musique,
Comme Raspail résout la question physique !...
C'est décisif !... eh bien ! l'on est si biscornu,
Que l'on défie Arnal d'être plus saugrenu !...

### 77.

Quoi qu'il en soit, la scène horriblement s'empire,
L'ex-bâtonnier lui-même et transpire et soupire,
Et pour recoudre un peu les accrocs d'Orfila,
De maître Lachaud seul l'alène encor fil'a.

### 78.

Bref, en vain sur Barbier, taillant cent aiguillettes,
Paillet, en trépignant, débite les paillettes,
Et fond son plaidoyer comme le basque Bac ;
Les deux ne valent pas deux prises de tabac.

### 79.

Aussi, quoiqu'en sanglots l'auditoire débonde,
Le jury déclarant Cappelle VAGABONDE,
On condamne la nymphe, à la majorité,
A des travaux vexans, à perpétuité !...

### 80 ET DERNIER.

C'est ainsi que s'est clos ce drame allégorique,
Dont le déroulement, si fantasmagorique,
Nous apprend que le meurtre est une infraction
Qui ne peut avoir droit à l'approbation.

www.ingramcontent.com/pod-product-compliance
Ingram Content Group UK Ltd.
Pitfield, Milton Keynes, MK11 3LW, UK
UKHW020113100726
13658UKWH00005B/2153